D0626877

roman vert

Dominique et Compagnie

Sous la direction de
Yvon Brochu

Martine Latulippe

La mémoire de mademoiselle Morgane

Illustrations
Paule Thibault

**Données de catalogage
avant publication (Canada)**

Latulippe, Martine
(Roman vert)
Pour enfants de 8 ans et plus

ISBN 2-89512-224-5

I. Thibault, Paule. II. Titre

PS8585.O397T685 2000 jC843'.54 C00-940027-3
PS9585.O397T685 2000
PZ23.R64To 2000

© Les éditions Héritage inc. 2000
Tous droits réservés
Dépôts légaux : 2e trimestre 2001
Bibliothèque nationale du Québec
Bibliothèque nationale du Canada
Bibliothèque nationale de France

ISBN 2-89512-224-5
Imprimé au Canada

10 9 8 7 6 5 4 3 2

Direction de la collection :
Yvon Brochu, R-D création enr.
Éditrice : Dominique Payette
Direction artistique et graphisme :
Primeau & Barey
Révision-correction :
Geneviève Breton

Dominique et compagnie
300, rue Arran
Saint-Lambert (Québec) J4R 1K5
Téléphone : (514) 875-0327
Télécopieur : (450) 672-5448
Courriel :
info@editionsheritage.com

Nous remercions le Conseil des
Arts du Canada de l'aide accordée
à notre programme de publication
ainsi que la SODEC et le ministère
du Patrimoine canadien.

Gouvernement du Québec –
Programme de crédit d'impôt pour
l'édition de livres – SODEC

*Aux Dupuis, aux
Le Borgne et aux Naninck,
mes familles outre-mer*

Chapitre 1

Les yeux de mademoiselle Morgane

Une nouvelle voisine a emménagé devant chez moi hier matin. En fin d'après-midi, j'ai cueilli quelques fraises bien rouges dans notre jardin et je les ai déposées dans un mignon petit panier. J'ai aussi choisi un joli papier sur lequel j'ai écrit «BIEN-VENUE!» en grosses lettres dorées.

Chaque fois qu'un nouveau voisin arrive dans les parages, je cours l'accueillir. J'aime bien me faire de nouveaux amis. Et je suis un peu curieuse, aussi… Mon panier sous le bras, j'ai traversé la rue et j'ai frappé à la porte de la petite maison grise. Une dame est venue ouvrir. Une dame ni très jeune ni très vieille. Ni jolie ni laide. Une dame au dos voûté, aux épaules semblant davantage attirées vers le sol que vers le ciel. Mais surtout, une dame qui ne souriait pas.

–Bonjour, madame…

–Mademoiselle, a-t-elle coupé, un peu crispée. Mademoiselle Morgane.

J'ai été surprise par la froideur de ma nouvelle voisine, mais je ne l'ai pas montré. Je lui ai fait mon plus beau sourire et j'ai poursuivi gentiment :

–Je viens vous souhaiter la bienvenue dans le quartier.

Alors, mademoiselle Morgane

s'est penchée vers moi. Elle n'a pas souri, seul un petit éclair a brillé dans ses yeux gris. Il est passé très vite, mais j'ai tout de même eu le temps de le voir. Puis elle a murmuré en prenant mon panier :

– C'est très gentil, petite. Mais mieux vaut te prévenir : demain matin, je ne me souviendrai plus de toi. Je t'aurai sûrement oubliée.

Et sans rien ajouter, elle a refermé la porte.

• • •

Le soir, autour de la table, j'ai raconté mon aventure. Ou plutôt, j'ai essayé, car personne ne m'écoutait... De la main droite, maman coupait des fraises pour le dessert tandis que, de la gauche, elle tendait

un gobelet à bébé Chloé. Papa essayait de séparer le chien Summer et le chat Frisson qui se disputaient encore une fois alors que ma grande sœur Émilie hurlait contre mon petit frère Jean, qui venait de tacher son plus beau chemisier. Chez moi, c'est toujours comme ça. Mais chaque fois, tout se termine dans la bonne humeur générale.

Maman a servi les fraises et bébé Chloé s'est endormie dans le vacarme rassurant des discussions familiales. Le chien est allé se vautrer sur mon lit, le chat est sorti rôder pour la nuit, Émilie a changé de chemisier et papa a promis de le lui laver. Et j'ai enfin pu décrire ma rencontre avec mademoiselle Morgane.

–Étrange dame, a commenté ma mère.

– Étrange demoiselle, a précisé Émilie.

– Elle doit être bien seule pour agir ainsi, a conclu mon père.

Et tous nos regards se sont tournés vers la maison grise, où tout avait l'air si tranquille. Seule une petite lumière brillait. Chez nous, au contraire, chaque soir les rires envahissent la maison et la lumière jaillit de partout, comme si elle tentait de s'évader par les fenêtres pour illuminer la rue entière.

J'ai pensé au petit éclair dans les yeux de mademoiselle Morgane. Un éclair un peu faible, semblant trop timide pour sortir. Et c'est cet éclair qui m'a convaincue de retourner frapper chez ma voisine le lendemain après-midi.

Chapitre 2

La tête de mademoiselle Morgane

Mademoiselle Morgane vient enfin ouvrir. Je lui tends les quelques fleurs que j'ai cueillies pour elle, espérant avoir droit à un accueil plus chaleureux. Caché derrière mes jambes, le chat Frisson étire le cou pour mieux voir l'étrange demoiselle.

– Tu es tenace, dis donc !

Les lèvres de mademoiselle Morgane restent bien droites et,

pourtant, on dirait que ma voisine sourit. Elle sourit peut-être avec sa voix…

–Je savais bien que vous vous souviendriez de moi.

Elle me regarde d'un air grave.

–Comment t'appelles-tu, petite ?

–Mélina.

Mademoiselle Morgane se penche vers moi, prend les fleurs, caresse distraitement Frisson et me remercie avant de s'enfermer chez elle.

Me voilà de nouveau sur le perron, seule avec mon chat qui se frotte amoureusement contre mes mollets. Foi de Mélina, cette histoire n'en restera pas là ! Jamais personne n'a refusé d'être mon ami. Quelque chose cloche…

Mademoiselle Morgane refuse de me laisser entrer dans la maison grise. Déterminée à découvrir quel mystère cache ma voisine, je scrute les environs. Je trouverai bien un moyen de percer les secrets de cette maison ! Un immense bouleau semble me tendre les bras et m'inviter. Je fonce vers lui, lui murmure «Merci !» au passage et grimpe jusqu'à ce que je sois à la hauteur de la fenêtre de la cuisine. Et là, surprise…

Pas d'enfant caché dans la cuisine ou de boa enroulé autour des pattes de la table, pas de lion en liberté ou de jardin intérieur secret. Je ne suis pas plus avancée. Pourtant, une chose attire mon attention : une multitude de bouts de papier blancs accrochés un peu partout. Sur la cuisinière électrique, sur le réfrigérateur, sur les murs. Des petits papiers partout, partout.

Soudain, des jappements insistants me font sursauter. Je perds pied et me rattrape de justesse à une des branches du bouleau. Suspendue dans les airs, je vois le chien Summer au pied de l'arbre. Le petit jaloux semble furieux que Frisson soit à mes côtés. Il aboie, aboie, aboie. Ses cris ont tôt fait d'attirer l'attention de mademoiselle Morgane, qui pointe soudain la tête à la fenêtre. Je hurle de surprise. Elle hurle de surprise encore plus fort que moi. Nous hurlons toutes les deux, Frisson miaule désespérément devant ce boucan, Summer aboie furieusement pour que je descende. Ce que je fais. Assez piteusement, je dois l'avouer.

Mademoiselle Morgane ouvre la porte, les sourcils froncés.

– Tu veux voir ma maison ?

Je baisse la tête, honteuse d'avoir espionné.

—J'ai vu vos papiers.

Mademoiselle Morgane soupire. Elle s'accroupit à ma hauteur, plante ses yeux bien droit dans les miens et dit :

—Regarde-moi, Mélina. Tu ne remarques rien ?

Je fais non de la tête, ne sachant pas trop comment je pourrais remarquer quelque chose de différent chez elle, puisque je ne la connais que depuis hier.

—Si tu m'observes attentivement, tu verras que je n'ai qu'une demi-tête. J'ai perdu l'autre moitié. Tu vois, maintenant ?

Encore une fois, je fais non de la tête. J'ai beau la regarder avec attention, je ne vois que ses yeux tristes, sa bouche qui ne sourit pas et ses joues un peu fanées. Et sa tête, évidemment. Sa tête entière.

Chapitre 3

Les mains de mademoiselle Morgane

Chez moi, tout est coloré. Il y a des fleurs partout, des jouets de bébé sur le sol, des rideaux rouges, des tapis jaunes, des murs verts et des fauteuils recouverts de jolies couvertures rayées. Chez moi, ma mère chante tout le temps, mon père sifflote sans arrêt, ma sœur Émilie bavarde comme une pie, mon frère Jean flâne toujours dans la forêt au bout de notre rue et sait imiter le cri des oiseaux et bébé

Chloé, la petite dernière, fait des « Euh » et des « Ah » toute la journée. Sans oublier Summer le chien qui aboie et Frisson le chat qui ronronne. Et il y a moi, bien sûr.

Chez mademoiselle Morgane, il y a des meubles gris, sur des tapis gris, devant des rideaux gris. On n'entend que le silence, qui doit être gris lui aussi. Tout a l'air triste. Même mademoiselle Morgane. Toute seule, tout le temps. Sauf ce matin. J'ai vu une dame venir la visiter. Elle était habillée tout en blanc. Maman dit que c'était une infirmière du CLSC.

Mademoiselle Morgane est très gentille même si elle ne sourit pas. Tellement gentille qu'elle ne semble pas m'en vouloir de l'avoir espionnée hier. Tellement gentille qu'elle ne m'a pas dénoncée à mes parents.

Et plus encore, elle m'a invitée à prendre le thé aujourd'hui. Drôle d'idée, prendre le thé ! Mais j'ai tout de suite accepté.

Nous sommes assises face à face dans le salon gris de la maison grise. Mademoiselle Morgane boit son thé à petites gorgées pendant que je sirote le jus d'orange qu'elle m'a offert. Sur une table basse, dans le coin du salon, une dizaine de dictionnaires sont empilés. Ce fragile édifice semble tout près de tomber. Et partout, dans cette pièce aussi, des papiers blancs. À côté du téléphone, sur la télévision, sur la chaîne stéréo.

– Vous aimez écrire ?

– Un peu.

– C'est pour ça, les papiers et les dictionnaires ?

Ma voisine me regarde gravement

et ne dit rien. Mal à l'aise, je baisse les yeux, bois une gorgée de jus. Mais j'ai la gorge tellement serrée que je m'étouffe et me mets à tousser.

Pendant que je reprends mon souffle, mademoiselle Morgane prend la parole à voix basse. Elle chuchote presque, et ses mains tremblent. Est-elle si vieille, mademoiselle Morgane ? Pourquoi ses mains tremblent-elles autant ? Et alors, je comprends : ma voisine veut me confier un secret. Un secret très grave. Un secret qu'elle ne doit pas dire à beaucoup de gens. Je l'écoute avec attention.

– Les papiers sont ma mémoire, dit-elle.

Je ne comprends pas très bien, mais je n'ose pas l'interrompre.

– J'oublie tout, continue-t-elle. Ma

tête m'a abandonnée. Elle a commencé par me jouer des tours de temps en temps et, maintenant, elle est partie plus souvent qu'autrement. Elle fuit. Avec mes souvenirs, mes idées, ma mémoire. Alors j'écris les choses pour ne pas les oublier.

Mademoiselle Morgane est la première personne que je rencontre ayant une tête qui décide parfois d'aller se promener. Je tends les mains vers les siennes, qui sont glacées. Je les serre bien fort pour les réchauffer. Elles cessent de trembler. Les mains de mademoiselle Morgane avaient oublié combien c'est important d'avoir des amis. Il faudra que je fasse des efforts pour les tenir bien au chaud.

Chapitre 4

Le rire de mademoiselle Morgane

Chaque jour, je rends visite à ma voisine. J'ai pris l'habitude de porter un carton blanc sur lequel j'ai écrit mon prénom, entouré de fleurs et de cœurs. Je l'ai enfilé au bout d'une corde. C'est un étrange collier, mais ainsi mademoiselle Morgane sait que je m'appelle Mélina.

Mademoiselle Morgane ne sourit toujours pas. Je crois qu'elle a oublié ce qu'est un sourire. Ses épaules sont affaissées, comme si tout le poids du monde lui pesait sur le dos. Mais parfois, quand j'arrive, ses épaules se redressent un peu, son visage s'éclaire. Je sais qu'elle est heureuse de me voir. D'autres jours, elle me regarde avec indifférence et me dit : « Oui, mademoiselle, je peux vous aider ? » J'ai appris que, ces jours-là, il vaut mieux ne pas insister. La tête de mademoiselle Morgane est partie se promener. Je retourne chez moi et j'attends qu'elle revienne.

Aujourd'hui, c'est dimanche, et ma famille a décidé d'aller pique-niquer. Comble de joie, mes parents m'ont proposé d'inviter mademoiselle Morgane. Celle-ci est un peu embarrassée, mais elle finit par accepter.

– Je ne connais même pas tes parents, Mélina !

Je réponds, moqueuse :

– Vous allez voir, ils sont presque aussi gentils que moi…

Avant de sortir de chez elle, mademoiselle Morgane lit un papier blanc accroché tout près de la porte. Je tends le cou. Il est écrit : « Fermer les lumières. Verrouiller la porte. » Je lui dis doucement :

– Sortez, mademoiselle Morgane. Je vous rejoins tout de suite. Aujourd'hui, je serai votre mémoire. Allez, dehors ! Je m'occupe de tout.

Je fais un rapide tour de la maison, m'assure que tous les appareils électriques sont éteints, puis je verrouille la porte et cours rejoindre mademoiselle Morgane et ma famille.

Papa essaie de fermer le coffre arrière de la voiture, mais l'énorme panier à pique-nique, les jeux et les ballons, les chaises pliantes et les couvertures l'empêchent d'y arriver. Il retire finalement les chaises, maman enlève quelques jeux qu'elle place dans la voiture et hop! à notre tour de nous installer dans l'auto…

Nous manquons un peu d'espace. Émilie, qui tient dans ses mains deux gants de base-ball et une balle, se retrouve devant, coincée entre maman et papa. Jean est pris entre le siège d'auto de bébé Chloé et moi-même. Il disparaît derrière trois couvertures empilées sur ses genoux. Moi, je réussis à me creuser une petite place entre lui et mademoiselle Morgane, qui porte Frisson sur ses genoux et le caresse doucement. Le chat ronronne si fort qu'il couvre presque le bruit du moteur de la voiture.

Malgré tout, le trajet se passe bien.

Nous arrivons dans un grand parc. Pendant que nous déchargeons la voiture, maman déplie les couvertures sous un arbre immense. La journée est superbe, le soleil, éclatant. J'ai un peu peur pour mademoiselle Morgane. Elle est si habituée à tout ce gris de sa maison que je crains que le jaune lumineux du soleil, le vert tendre des arbres et le doux bleu du ciel ne l'effraient. Mais, au contraire, elle semble plutôt bien.

Bébé Chloé se roule dans l'herbe en riant, Émilie et Jean ont inventé un jeu de ballon qui leur permet de courir comme des fous, mademoiselle Morgane est assise et regarde tout cela avec de grands yeux étonnés, et moi, je suis heureuse.

Tout à coup, un joli papillon jaune et noir se met à tourner autour de nous, voletant légèrement au-dessus de nos têtes. Il agite ses petites ailes en direction de mademoiselle Morgane et lui effleure l'épaule. Ma voisine semble émerveillée: l'élégant papillon virevolte autour d'elle, la frôle, doux comme une caresse. Il l'a adoptée. Émue, mademoiselle Morgane sourit… Un sourire qui éclate soudain dans son visage et semble la rajeunir. Elle murmure:

– Quel superbe… superbe…

Mais mademoiselle Morgane a oublié le mot. Son visage se referme. Ses épaules retombent. Un éclair de panique traverse ses yeux gris, qui s'emplissent de larmes, et ses sourcils se froncent. Le papillon cesse d'agiter ses ailes jaunes et se pose sur l'épaule de mademoiselle Morgane. Celle-ci le regarde attentivement et s'écrie:

– Quel superbe PAPILLON ! Oui, quel superbe PAPILLON !

Et elle éclate de rire, toute fière, heureuse que sa tête soit revenue de sa balade. Elle rit, et je n'ai jamais entendu un rire si beau. Comme si elle n'avait pas ri depuis longtemps et que le barrage cédait tout à coup. Mon frère et mes sœurs ont arrêté leurs activités et se sont rapprochés. Papa et maman restent aussi immobiles. Un papillon jaune et noir est posé sur l'épaule d'une dame qui rit, qui rit à n'en plus finir et qui répète, les larmes aux yeux :

– Quel superbe PAPILLON !

À mon tour, j'essuie quelques larmes. Gênée, je regarde furtivement ma famille… pour me rendre compte que le rire de mademoiselle Morgane a le même effet sur chacun de nous: plus mademoiselle Morgane rit, plus nous pleurons de bonheur, d'émotion. Je me lève et cours vers mademoiselle Morgane. Effrayé, le papillon s'envole. Je serre ma voisine dans mes bras très fort, et je lui dis :

– Oui, vraiment, c'est le plus beau des papillons !

Chapitre 5

Le sourire de mademoiselle Morgane

Toute la famille a adopté mademoiselle Morgane. Chez elle, c'est un véritable tourbillon de personnes qui portent toutes un carton au cou, avec leur prénom écrit dessus. Les autres voisins doivent se poser bien des questions ! Il n'y a pas si longtemps, on ne voyait qu'une infirmière ou, de temps à autre, un bénévole d'un organisme nommé La Popote qui venait porter des repas à mademoiselle Morgane. Maintenant, maman traverse pour offrir une tarte aux pommes à notre voisine, mon père lui prépare la crème de poireaux qu'il réussit mieux que personne, Jean lui apprend différents cris d'oiseaux, Émilie parade et lui fait admirer ses nouveaux vêtements, bébé Chloé trottine dans le salon en essayant d'attraper le papier blanc qui indique le fonctionnement de la télévision ou en tentant de faire tomber la pile de dictionnaires. Et moi, je prends le thé avec elle, elle me fait la lecture, nous discutons, nous regardons des photos. La maison grise est toujours aussi grise, mais désormais mademoiselle Morgane n'y est plus seule.

Et, plus important que tout, notre voisine sourit de plus en plus souvent. Toute cette activité semble lui plaire. Ses épaules sont bien moins voûtées, ses sourcils ne sont plus froncés. Je ne pensais pas qu'un sourire pouvait être aussi efficace. Par contre, je n'ai plus jamais entendu le rire du papillon. Mais j'ai bon espoir : il reviendra.

La tête de mademoiselle Morgane continue d'aller se promener de temps à autre. Maman m'a expliqué que nous n'y pouvons rien, mais que nous devons tout de même essayer de rendre mademoiselle Morgane plus heureuse. C'est ce que nous désirons.

Ce soir, réunion de famille au sommet. L'infirmière du CLSC commence à bien me connaître, maintenant, puisqu'elle me voit très souvent. Elle m'a confié que l'anniversaire de ma voisine approchait. Nous voulons qu'il soit mémorable. Nous sommes

tous réunis autour de la table de la
cuisine. Papa et maman lancent plein
d'idées en vrac, à voix haute. Bébé
Chloé profite du fait que personne ne
la regarde pour s'empiffrer de biscuits
au chocolat.

– Voyons, de quoi mademoiselle
Morgane a-t-elle besoin ? grommelle
papa.

–De nouveaux vêtements? propose Émilie.

Tous font non de la tête. Il faut quelque chose de plus original.

–Des livres? suggère maman.

Je fais remarquer que mademoiselle Morgane a la plus grande bibliothèque que j'aie jamais vue. Elle possède un nombre incroyable de livres. Comment savoir ceux qu'elle a déjà ?

– Un oiseau de compagnie ! lance Jean.

Mais ce serait trop de préoccupations pour mademoiselle Morgane, qui devrait alors penser à le nourrir, à entretenir la cage, etc. Et les journées où sa tête préfère se balader toute seule, où elle oublie de se nourrir elle-même, que deviendra l'oiseau ?

– Elle doit pourtant bien avoir besoin de quelque chose, insiste papa.

Alors, je pense à ma voisine, seule dans sa maison grise, et à son rire ravi devant un papillon aux ailes jaunes qui tourbillonnait dans le ciel bleu. Et j'ai une idée du tonnerre. La meilleure de ma vie ! Non, décidément, mademoiselle Morgane n'a pas besoin de livres, de vêtements ou d'oiseau.

– J'ai trouvé : elle a simplement besoin de couleurs ! C'est tout !

Et j'expose alors mon idée à ma famille. Il nous faut des papillons. Des tonnes de papillons ! Tous sont enchantés. Seule bébé Chloé reste indifférente, trop petite pour répondre et trop occupée à enfourner les biscuits au chocolat dans sa bouche à toute vitesse.

Chapitre 6

Les doigts de mademoiselle Morgane

Mademoiselle Morgane a la tête baladeuse, aujourd'hui. Elle ne m'a pas reconnue à mon arrivée et a dû se pencher pour lire mon prénom sur le carton. Ces jours-là, j'évite toute discussion. Comme ma voisine adore regarder des photographies, je sors ses lourds albums de photos de l'étagère, puis je cours à la cuisine lui préparer un thé et me servir un verre de jus d'orange. Assises côte à côte, nous regardons des images du temps passé. Du temps où mademoiselle Morgane avait toujours toute sa tête.

Les photos n'ont rien à voir avec une dame fatiguée qui habite une maison grise et que seuls des voisins, des infirmières ou des bénévoles visitent. Sur les images, une jeune fille sourit. Elle est entourée d'enfants. Mademoiselle Morgane était enseignante. Elle a passé la majeure partie de sa vie à apprendre aux autres. À leur faire mémoriser leurs leçons. Et j'imagine que, trop préoccupée par tous ces enfants à éduquer et à aimer, elle a oublié de fonder une famille.

Mais j'y pense… Tous ces enfants à qui elle a enseigné doivent encore se rappeler de leur professeure, eux! Et s'ils faisaient partie de mon plan? S'ils venaient souligner avec ma

famille l'anniversaire de mademoiselle Morgane ?

Fière de mon idée, je tourne la tête
vers ma voisine en souriant. Mais aujourd'hui, mademoiselle Morgane ne
sourit pas, ne parle pas. Elle tourne
les pages de l'album de façon machi-
nale, sans trop d'intérêt. Elle semble
fatiguée. J'ai beau savoir qu'il y aura
toujours des journées comme celle-là
et que je n'y peux rien, je suis chaque
fois bouleversée. Je range tout et me
dirige tristement vers la porte. Mademoiselle Morgane se lève, s'approche
de moi, se penche de nouveau pour
lire mon prénom sur le carton.

– Tu es gentille, jeune Mélina, me
dit-elle doucement en effleurant
mes joues de ses doigts.

Rassurée, je retourne chez moi en
chantonnant. Même si sa tête est en

promenade, les doigts de mademoiselle Morgane m'ont reconnue. Je
l'ai bien senti. On caresse ainsi les
joues de ceux qu'on aime.

Chapitre 7

Les cheveux de mademoiselle Morgane

Les jours passent et je dois me mettre au travail si je veux que le cadeau de mademoiselle Morgane soit prêt pour son anniversaire. Pour offrir de la couleur à une personne, il faut y mettre le temps. On ne peut emballer du rouge, du vert ou du bleu. On ne peut mettre du orange, du jaune ou du rose dans un joli sac-cadeau. Il faut de l'imagination et, surtout, des renseignements. Complices, les membres de ma famille ont élaboré une ruse pour me permettre de soutirer quelques-uns des renseignements voulus.

Ce soir, mademoiselle Morgane mange chez moi. Et sa tête est aussi de la partie. Pas de balade en perspective. Ma voisine est en pleine forme, souriante, chaleureuse. Elle discute vivement, tapote la tête de Frisson qui se frotte contre ses mollets, agite le hochet devant bébé Chloé qui gazouille de joie, parle littérature avec maman, échange sa recette de pâtes au fromage bleu avec papa, bref, je ne pouvais rêver mieux.

Après le dessert, Émilie tamise l'éclairage et Jean imite le roulement d'un tambour. J'enfile un veston de papa qui est beaucoup trop long pour moi et je m'empare d'un balai en guise de micro.

—Mesdames, mesdemoiselles, messieurs, chien et chat, bonsoir! Bienvenue au jeu-questionnaire *Découvrez vos voisins*!

Et ma mère explique que c'est une tradition dans la rue, que nous jouons à ce jeu régulièrement quand des gens emménagent près de chez nous. Mademoiselle Morgane hoche la tête avec enthousiasme, prête à jouer le jeu, ne flairant pas le mensonge. J'explique les règlements: je pose une question concernant notre voisine, les concurrents doivent tenter une réponse, puis mademoiselle Morgane nous donne la réponse exacte.

Une rangée de chaises est alignée dans le salon. Ma mère, mon père, Jean, Émilie et Summer y ont pris place. Devant eux, mademoiselle

Morgane est assise sur le sofa. Bébé Chloé, sur ses genoux, lui joue dans les cheveux, pendant que Frisson semble ne plus jamais vouloir quitter les mollets de la vedette du jeu. Pour mettre les participants à l'aise, je lance une première question facile :

– Quel est le prénom de mademoiselle Morgane ?

Tout le monde s'esclaffe. Évidemment, les candidats trouvent tous la réponse, sauf Summer qui se tait et qui, par conséquent, est disqualifié du jeu. Il aboie de mécontentement, mais les règlements sont les règlements. Il part bouder sur mon lit. Le jeu se poursuit. La prochaine question est plus importante. Je dois retenir la réponse pour mon fameux plan.

– Quelle est la fleur préférée de

mademoiselle Morgane ?

Chacun des candidats nomme une fleur différente : l'iris, la rose, la violette et le lupin. Puis, je demande à mademoiselle Morgane de donner la réponse exacte.

– Le tournesol, répond-elle.

Le tournesol, le tournesol… Je répète ce mot dans ma tête avant de continuer. La question suivante est aussi essentielle pour que mon idée fonctionne bien.

– Dans quel village était située l'école où enseignait mademoiselle Morgane, et comment s'appelait cette école ?

Chacun propose une réponse, puis mademoiselle Morgane nous donne l'heure juste :

– École normale de Pont-Rouge.

Cette réponse me servira aussi

pour la surprise.

J'ai obtenu toutes les réponses dont j'avais besoin pour préparer l'anniversaire. Je pose une dernière question pour mettre fin au jeu. Je choisis un sujet tout à fait banal, histoire de ne pas éveiller de soupçons. Je demande aux participants de se fermer les yeux et je lance :

– De quelle couleur sont les cheveux de mademoiselle Morgane ?

La réponse est unanime : « Gris. » Je félicite les concurrents, et je déclare le jeu terminé.

– Pardon, intervient doucement mademoiselle Morgane. Juste une petite précision : mes cheveux sont bruns.

Étonnée, je la regarde : elle a raison. Bébé Chloé, toujours assise sur les genoux de ma voisine, tient entre

ses doigts des boucles de cheveux bruns. Comme toute ma famille, j'étais convaincue que ses cheveux étaient gris. À force de voir mademoiselle Morgane dans sa maison grise, avec ses vêtements gris, je perds le sens des couleurs. J'ai l'impression de regarder attentivement ma voisine pour la première fois. Ses cheveux sont bruns et épais. Mademoiselle Morgane est plus jeune que je ne le pensais. Je n'ai jamais vraiment réfléchi à la question, mais j'imaginais qu'elle avait au moins soixante-dix ans.

Pourtant, mademoiselle Morgane doit avoir cinquante ou soixante ans, mais pas plus. C'est sa tête baladeuse qui l'a fait vieillir prématurément.

Chapitre 8

Les jambes de mademoiselle Morgane

La maladie de ma voisine a un nom. Je l'appelle la tête baladeuse, mais en fait mademoiselle Morgane souffre d'Alzheimer. Et même si sa tête continue parfois d'aller se balader, mademoiselle Morgane va beaucoup mieux qu'au moment où je l'ai rencontrée. Car alors, elle luttait contre deux maladies : l'Alzheimer et la tristesse. Je sais que son Alzheimer ne guérira pas mais, au moins, elle a réussi à guérir presque entièrement la tristesse. Elle est redevenue la dame souriante et chaleureuse des photos. Ses élèves de l'époque la reconnaîtront sûrement.

Mademoiselle Morgane sourit, maintenant. Et je suis sûre que, même les jours où sa tête fuit, elle se montrerait plus accueillante envers une petite fille venue lui souhaiter la bienvenue. Elle n'a plus les sourcils froncés ni la bouche crispée. Elle a même recommencé à danser. L'autre soir, elle a enseigné la valse à Émilie.

J'étais assise et je regardais cette grande dame vêtue de gris valser avec une jeune fille portant une jolie robe turquoise très longue. Toutes deux tourbillonnaient, la musique s'élevait doucement dans notre salon vert, jaune et rouge. Ma mère,

mon père, Jean et moi-même étions assis sur le sofa, bien alignés, bébé Chloé à nos pieds. Tous se taisaient et admiraient les danseuses. Même Summer et Frisson ont arrêté de se poursuivre pendant quelques minutes. Les jambes de mademoiselle Morgane n'avaient pas oublié les pas ; elles valsaient comme si elles n'avaient fait que cela depuis les dix dernières années.

Oui, vraiment, ma voisine a bien changé… Cette pensée tourne dans ma tête pendant que je regarde mademoiselle Morgane jouer dehors avec Jean et bébé Chloé. Mademoiselle Morgane tient entre ses bras un énorme ballon rouge que Jean tente de lui dérober. Bébé Chloé sautille dans l'herbe en riant aux éclats. Frisson, couché sur le patio,

regarde la scène avec une indifférence superbe.

J'aurais bien envie de jouer avec
eux, mais je ne peux pas. Je veux
aider mon père, qui entreprend une
série d'appels téléphoniques pour
préparer l'anniversaire de mademoiselle Morgane. Plus qu'une semaine
et nous célébrerons enfin le grand
événement.

Chapitre 9

Le cœur de mademoiselle Morgane

C'est le grand jour. Nous y voilà. Ma mère et Émilie se chargent de tenir mademoiselle Morgane occupée toute l'avant-midi. Elles l'ont invitée au magasin, où elles comptent lui acheter de jolis vêtements colorés. J'ai donc le champ libre pour quelque temps.

Les anciens élèves de ma voisine n'ont pas répondu en grand nombre, et plusieurs sont demeurés introuvables, bien sûr, avec toutes ces années qui ont passé. Une dizaine d'entre eux ont toutefois accepté l'invitation. Je m'attendais à beaucoup plus, mais papa m'a dit que c'était déjà très bien, avec tout ce temps écoulé. Mon père a joué un très grand rôle dans la réalisation de mon plan. C'est lui qui a téléphoné à l'ancienne école de ma voisine pour expliquer mon projet. La direction nous a fait parvenir des listes de numéros de téléphone d'anciens élèves. Mes parents ont fait le tour de la liste et ont téléphoné pendant des heures!

Depuis quelques minutes, des voitures se stationnent devant chez moi. Des hommes, des femmes et des enfants en sortent et se retrouvent en souriant, évoquant leurs souvenirs, se présentant leur famille.

Tous les anciens élèves tiennent à la main un bouquet de tournesols. Mes parents leur ont suggéré ce cadeau. Papa prend la parole d'une voix forte :

– Merci d'être venus. J'aimerais vous présenter celle qui a eu la très bonne idée d'organiser cette journée : ma fille, Mélina.

J'ai des papillons dans l'estomac. Je dois m'adresser à tous ces gens que je ne connais pas… Je rougis, mais je prends mon courage à deux mains et je monte sur le petit balcon devant la maison :

– Bonjour ! C'est gentil d'être venus. Mademoiselle Morgane sera très contente. Mes parents vous ont expliqué au téléphone que nous avions besoin de vous pour préparer une belle surprise à notre voisine.

Comme le temps presse, si vous êtes d'accord, on va y aller tout de suite.

Ils sont vraiment chouettes, les anciens élèves de mademoiselle Morgane. Ils ont accepté de nous aider à mettre de la couleur dans la vie de ma voisine.

Je prends la tête d'un air décidé, avec Frisson et Summer à mes côtés, et tout le monde emboîte le pas spontanément. Nous nous dirigeons vers la forêt située au bout de ma rue. Tous tiennent à la main un filet à papillons et des pots vides, au couvercle troué. À l'orée de la forêt, je me retourne vers les anciens élèves de mademoiselle Morgane :

– Nous y sommes. Rendez-vous ici dans une heure. Bon travail. La chasse est ouverte !

• • •

Il est midi trente. Tout est prêt, maintenant. J'ai pris la clé que mademoiselle Morgane laisse toujours chez nous pour plus de sécurité, et me voilà assise dans le salon de ma voisine. Mon cœur bat à tout rompre.

Autour de moi, des chuchotements nerveux, des petits rires aigus. En comptant mon père, Jean, bébé Chloé, les anciens élèves, leur famille et moi, nous sommes presque vingt personnes entassées dans le salon, qui n'a plus rien de gris maintenant.

Soudain, mon frère Jean, qui surveille par la fenêtre, s'écrie:

– Silence! Ça y est! Mademoiselle Morgane arrive!

Tous se taisent aussitôt. Moi, je me mets à chuchoter.

– Préparez-vous pour la remise en liberté !

Puis je retiens mon souffle.

La poignée tourne doucement. J'entends la voix de mademoiselle Morgane, qui bavarde avec ma mère et Émilie. La porte s'ouvre. Mademoiselle Morgane apparaît sur le seuil, vêtue d'une jolie robe d'un bleu très clair. Elle ouvre de grands yeux étonnés : le salon regorge de personnes et, partout dans la pièce, des vases sont remplis de tournesols. Des dizaines et des dizaines de tournesols lumineux, d'un jaune éclatant, s'ouvrent bien grand pour accueillir mademoiselle Morgane, qui reste sur le seuil, bouche bée.

Alors, je lance un « Go ! » retentissant, et tous ouvrent les pots qu'ils tenaient jusqu'ici bien serrés dans leurs mains. Des centaines de papillons s'envolent, s'élèvent gracieusement dans le salon et tournoient parmi les invités, se posent sur les tournesols. Des éclairs jaunes, noirs, orangés et blancs s'agitent partout dans la pièce. Et tout le monde se met à chanter: «Ma chère Morgane, c'est votre tour de vous laisser parler d'amour…»

Mademoiselle Morgane s'avance enfin dans le salon. De grosses larmes roulent sur ses joues, mais elle sourit. Les anciens élèves se précipitent vers elle, lui souhaitent un joyeux anniversaire, l'embrassent, se présentent. J'ai averti tout le monde que mademoiselle Morgane avait parfois la tête baladeuse, qu'elle perdait la mémoire. Et tous ont la délicatesse de ne pas insister. On n'entend que des « Bonjour, vous m'avez enseigné en 1975 », et des « Vous étiez mon professeur préféré ! » Personne ne demande « Vous vous rappelez de moi ? » ou « Vous me reconnaissez ? »

Au milieu de ce tourbillon où papillons, tournesols et êtres humains s'entremêlent, mademoiselle Morgane continue de sourire aux anges, et les larmes continuent de rouler sur ses joues. Elle s'avance vers moi, se frayant un chemin dans la pièce bondée. Elle se penche et me regarde gravement dans les yeux :

–Mélina, c'est la plus belle journée de ma vie. Mais mieux vaut te prévenir : demain, peut-être que je ne m'en souviendrai pas. Que ma tête aura oublié tout ça.

Puis, avec le même regard grave,

elle ajoute en pointant son cœur du doigt :

—Mais une chose est sûre : je me souviendrai toujours de cette journée… ici !

Émue, je reste muette et me contente de serrer mademoiselle Morgane dans mes bras le plus fort possible. Soudain, un joli papillon jaune et noir vient se poser légèrement sur l'épaule de ma voisine. Alors, le rire de mademoiselle Morgane éclate, touchant et contagieux. Dans le salon, après un bref silence étonné, tout le monde se met aussi à rire. Un rire où le bonheur et toutes les couleurs du monde tourbillonnent.

Dans la même collection

Achevé d'imprimer en février 2001
sur les presses de Imprimerie L'Empreinte inc.
à Ville Saint-Laurent (Québec)